Escrava Submissa e outras histórias

Erika Sanders

Series
Coleção Dominação Erótica

Sinopse

Este livro consiste nas seguintes histórias:
    Escrava Submissa
    Aumento de salário
    Situação inesperada
    Recepção selvagem

Escrava Submissa é uma história com forte conteúdo erótico BDSM e, por sua vez, também pertencente à coleção Erotic Domination, uma série de romances com alto conteúdo romântico e erótico BDSM.

(Todos os personagens têm 18 anos ou mais)

Nota da escritora:

Erika Sanders é uma conhecida escritora internacional, traduzida para mais de vinte línguas, que assina os seus escritos mais eróticos, longe da sua prosa habitual, com o seu nome de solteira.

Índice:

ESCRAVA SUBMISSA E OUTRAS HISTÓRIAS
ERIKA SANDERS

ESCRAVA SUBMISSA

A Escrava Susan acordou com uma vontade deliciosa de amamentar seu Mestre, mas ficou consternada ao descobrir que ele já havia partido.

No travesseiro ao lado dela, em vez disso, havia um bilhete, uma única orquídea e um vale-presente para seu dia de spa favorito.

Ela bocejou e se espreguiçou, depois leu o bilhete ansiosamente.

"Quero que você passe o dia se preparando para Mim. Você não deve se masturbar hoje, pois lhe darei tudo o que precisar mais tarde. Estaremos no baile de caridade esta noite e, depois, usarei você de todas as maneiras, até Eu estou satisfeito." ".

Susan sabia que a nota do seu Mestre dizia muito mais do que dizia, porque ela conhecia o coração dele.

Em três frases curtas, ele informou a ela que este dia e esta noite seriam para o prazer dela e dele, que não havia nenhuma parte dela que ele não iria levar ao seu limite, e que ela deveria fazer o que fosse necessário para torná-lo feliz. foi o mais agradável possível para ele.

Susan adorava agradar seu Mestre e Ele sempre tornava tudo perfeito entre eles.

Susan saiu da cama e prendeu o cabelo em uma presilha enquanto caminhava para o banheiro.

Pendurados em um gancho amarrado na parte de trás da porta estavam o vestido, as meias e os sapatos que Mestre Robert escolhera para ela usar.

Não havia roupa íntima.

Susan sorriu, depois lavou o rosto, escovou os dentes e, antes de voltar para o quarto, abriu a gaveta de baixo da cômoda, tirou as bolas chinesas e tirou a calcinha fio dental com que havia dormido.

O Mestre havia dito que não havia parte dela que Ele não usasse.

Lentamente, ele colocou as bolas chinesas no lugar e instantaneamente já estava imaginando o magnífico pau do seu Mestre...

Ele vestiu o short jeans e a camisa amarela de botão que Mestre Robert usava na noite anterior.

Ela gostava de usar as roupas dele.

Ela podia sentir o cheiro em si mesma dessa maneira.

Ele calçou as sandálias, pegou o vale-presente e partiu rapidamente.

* * *

Susan chegou e descobriu que Mestre Robert havia organizado tudo de acordo com suas instruções, como sempre fazia.

As mulheres na sala não lhe disseram nada, simplesmente continuaram o que estavam fazendo.

Ela não se sentia desconfortável com o que o mundo considerava um relacionamento submisso, porque o mundo nada sabia do amor que ela compartilhava com seu Mestre Robert.

"Sim, somos mestre e escravo", ela pensou enquanto a manicure trabalhava em seus pés, "mas também somos marido e mulher, Robert e Susan, almas gêmeas!" Não importava se o resto do mundo não entendesse.

Simplesmente porque não faziam ideia do verdadeiro amor entre eles.

Com a manicure e a pedicure completas, ela foi levada ao banheiro lilás e baunilha.

Esta era a sua parte favorita e Mestre Robert sabia disso.

Foi muito difícil para ela não se dar prazer quando ficou sozinha no banheiro perfumado, mas ela sabia que seu Mestre iria querer muito dela esta noite, então ela descansou sem ter orgasmo no banheiro.

Por fim, foi a vez do cabelo dela, eles o lavaram e empilharam sedutoramente no topo da cabeça, prendendo-o com a presilha que Ele havia comprado para ela no primeiro encontro.

Ela sorriu feliz, pensando no prazer que Lhe daria tirar o grampo de seu cabelo e vê-lo cair sobre seus ombros.

Esta seria uma noite inesquecível.

De volta para casa, ela se maquiou.

Depois havia as meias altas de seda e os saltos pretos de sete centímetros que ele comprara para ela na Itália.

Ele parou ali para se olhar no espelho.

Algo estava faltando.

Foi um breve pensamento que ela rapidamente tirou da cabeça.

Se ele quisesse mais, ele teria previsto.

Ela removeu as bolas chinesas que a mantiveram à beira do orgasmo o dia todo e depois deslizou o delicado vestido pela cabeça e o deixou deslizar pelo corpo.

Ela estava satisfeita com a maneira como se olhava no espelho e Robert também ficaria.

Um toque de seu perfume favorito e ela estava pronta.

Ela pegou a orquídea que estava flutuando em uma tigela com água naquela manhã e prendeu-a no coque de cabelo na nuca.

Quando ela ouviu o carro dele parar na garagem, seus mamilos endureceram e sua boceta começou a latejar.

Normalmente, ela teria esperado por ele na porta de joelhos e com o pescoço dobrado, para que seu corpo ficasse completamente à sua disposição.

Ela estava muito ansiosa.

Ela correu até o final da escada para esperar por ele.

Quando Ele entrou, ela já havia corado de excitação e podia sentir que sua aparência o agradava enquanto ele olhava para ela.

"Você está deliciosa, escrava Susan."

"Obrigado, Mestre Robert, estou muito feliz que você esteja satisfeito."

"Parece que você esqueceu alguma coisa."

"Esqueci alguma coisa?"

Robert pegou seu pulso e a conduziu escada acima.

No travesseiro onde estavam o bilhete e a flor, estava sua gargantilha.

Ela ficou surpresa por não ter percebido isso antes e imediatamente reconheceu seu erro.

Mestre Robert havia preparado para ela a gargantilha feita à mão junto com a gravata correspondente para ele.

Sua gargantilha continha metade de um coração de cristal que combinava perfeitamente com a outra metade que ela usava.

Ele havia dado a ela no dia do casamento.

Como ele conseguiu não notar?

Seus mamilos começaram a esticar e sua vagina latejava quando ela percebeu o quão sério era seu erro.

Robert desafivelou o cinto.

"Eu te amo, Susan, mas não posso permitir tal descuido em sua preparação para Mim."

"Sim, meu doce possuidor."

"Incline-se e agarre seus tornozelos."

Ela não precisava que lhe dissessem para abrir as pernas, pois já havia sido punida dessa forma antes.

Mestre Robert gostava de olhar para a boceta dela quando a espancava.

Ele agarrou o vestido de seda e deslizou-o lentamente pelas pernas até à cintura e, devido à sua posição, continuou a deslizar para baixo e à volta das mamas, cobrindo um pouco a cabeça e o rosto.

Que visão magnífica ela lhe mostrou, vestido tão elegantemente, mas com uma pose tão tosca.

Ele podia ver o quão excitada ela estava pela forma como a umidade de sua boceta brilhava à luz.

Ele tirou o cinto que segurava na mão, pensando melhor.

Seria uma longa noite.

Ele se virou e caminhou até o lado dela na cama e, abrindo a gaveta da mesa de cabeceira, tirou um chicote de couro que usava com frequência nela.

Tinha um cabo longo e na ponta pendiam nove tiras finas de couro macio e flexível.

Foi bem utilizado e apreciado.

Ele voltou para ela lentamente, apreciando a bela imagem que ela havia criado e observando as mudanças que ocorreram nela.

Ela estava respirando pesadamente e estava tendo dificuldade em ficar parada.

"Ahhh, minha escrava Susan, vou aproveitar você esta noite!"

E com isso, ele conectou três chicotadas rápidas em sua bunda que a fizeram gritar de dor e prazer.

Ele recuou e observou a velocidade com que as listras vermelhas começaram a aparecer na bunda dela.

"Merda!" Ele pensou para si mesmo! "Como vou me conter esta noite?"

E com esse pensamento a solução veio instantaneamente.

Ele tomaria isso agora mesmo, antes da sessão noturna, apenas uma vez para se livrar do desejo.

Ele abriu rudemente as calças, tirou a sua piça já dura, e empurrou-a profundamente para dentro da rata dela, não por prazer, mas para lubrificá-la.

O que ele mais queria naquele momento era vermelho, justo, brilhante e pronto para ele.

Ele retirou seu pau da boceta pingando da escrava Susan, para sua consternação, e empurrou-o profundamente em sua bunda à espera.

O grito de "SIM!" dos lábios dela alimentou seu fogo e ele deu um tapa louco em seus quadris levantados.

Segurando-a com força, Ele não parou até estar pronto para explodir.

Ela ouviu sua própria respiração difícil e gemidos quando uma carga de esperma sedoso veio e passou por sua bunda avermelhada.

Quando ele voltou a si, percebeu que estava esfregando seu esperma quente na bunda tenra e desejada de sua escrava Susan, enquanto ela lhe agradecia repetidas vezes.

"Vou usar meu smoking preto esta noite, Susan", e com isso ele foi para o chuveiro enquanto a escrava Susan colocava sua gargantilha e depois foi até o armário pegar seu smoking.

Ela foi muito minuciosa e verificou se tudo que Ele precisava estava esperando por Ele quando ela saiu do banho.

Ela colocou cada objeto na cama enquanto pensava na maneira como ele acabara de usá-la, na maneira maravilhosa como suas bolas batiam contra seu clitóris enquanto ele devastava sua bunda.

Ela estava tão perdida em pensamentos que não o ouviu atrás dela até que ele a beijou suavemente no pescoço.

"Eu não quero puni-la, Susan, mas oh! Como você fica linda quando eu o faço."

"Obrigado, Mestre Robert."

* * *

No carro, Mestre Robert deslizou o roupão pelas pernas e abriu as coxas.

Ele tocou sua boceta ainda pingando, mas a proibiu de gozar.

A Escrava Susan se contorceu em seu assento e ficou feliz em ver o Salão em tão pouco tempo, pois tinha certeza de que não poderia ter durado muito mais tempo.

Ele colocou os dedos em sua boca para que ela os limpasse com a língua e os lábios enquanto desabotoava os três pequenos botões na parte superior do sutiã com a outra mão.

"Deixe assim", ele disse a ela, e então a beijou com ternura nos lábios, antes de dizer-lhe para esperar que ele abrisse a porta.

Dentro do Salão, ela era forçada a sair do lado dele com frequência, mas ele estava sempre à vista dela.

A escrava Susan conversava educadamente com os demais atendentes, mas como sempre, ia para os lugares mais tranquilos e ficava sozinha.

Mestre Robert exigia muito atenção e ela admirava a maneira como ele se comportava nessas situações, tão galante, tão bonito.

Quando convidada para dançar, ela recorreu a Ele em busca de orientação.

Era entendido entre eles que havia momentos em que a aceitação educada era necessária, mas ela sempre esperava o consentimento Dele antes de aceitar e quase sempre podia contar com Ele para parar o que quer que estivesse fazendo.

Esta noite, porém, ele esperou por seu Mestre Robert, rejeitando as ofertas mesmo quando ele as aprovou.

Após a terceira recusa, ele se dirigiu para ela através da sala.

"Esta bem meu amor?"

"Sim."

"Por que você não está dançando?"

"Porque eu só quero dançar com você esta noite."

"Então, Susan, você realizará o seu desejo."

Ele deslizou a mão pela cintura dela e gentilmente a descansou de costas para levá-la à pista de dança.

Segurando-a de perto, ele dançou com ela.

Olhando para ela como se ela fosse a única mulher no mundo, Ele atormentou sua pele com Seus olhos e a persuadiu à beira da felicidade com sussurros de como Ele a usaria mais tarde.

"Me leve para casa?" Ela sussurrou para ele.

Ele a pegou pela mão e a conduziu através da multidão.

No carro, eles se beijaram apaixonadamente e a escrava Susan sussurrou para ele o desejo de seu coração.

"Eu preciso do meu Mestre Robert."

Robert respondeu desabotoando as calças e permitindo que ela o amamentasse no caminho para casa.

* * *

Na entrada, depois de desligar o carro, Ele a deixou ficar ali apreciando o jeito faminto com que ela devorava Seu Pau.

Isso a fez parar apenas o tempo suficiente para deslizar o vestido pela cabeça e jogá-lo no banco de trás.

Ele então moveu o banco para trás e removeu o grampo do cabelo dela, deixando-o cair sobre os ombros.

Ele adorava o cabelo preto dela, o modo como caía sobre o rosto e os ombros e o modo como enchia seus punhos quando ele o agarrava.

Robert a observou por um longo tempo, maravilhado com a forma como ela adorava seu pau, chupando-o como se fosse seu próprio sustento.

Quando o desejo dela de gozar foi maior do que Sua restrição, Ele enterrou as mãos em seus cabelos e forçou Seu pênis profundamente em sua garganta.

Ele entrava e saía de sua boca e garganta com uma necessidade profunda que ameaçava devorá-la.

A escrava Susan tremeu em suas mãos, e ele percebeu que sua própria libertação desencadearia a dela.

Um último golpe profundo em sua garganta e ele explodiu em êxtase.

Cada jorro de leite quente sacudia seu corpo com um espasmo igual ao dele.

Eles eram senhor e escravo e ainda assim eram um.

Um corpo ...

Um lindo espasmo de leite...

Um amor!

* * *

A escrava Susan abriu os olhos quando Mestre Robert abriu a porta.

Ele estendeu a mão e ajudou-a a sair do carro.

Ela estava diante dele ao luar, com o vestido até a coxa, os sapatos de seda e a gargantilha contendo meio coração de cristal.

A luz da lua e das estrelas dançava em sua pele e Ele respirou profundamente ao vê-la.

"Venha meu amor, nossa noite apenas começou."

Ele a conduziu para dentro e para o quarto, onde abriu as portas da varanda para deixar entrar a brisa do mar.

Ele pegou a gargantilha dela e a substituiu pelo colar, depois a guiou até a cama onde a enfaixou.

"Deite-se. Quero sentir seu corpo se submeter a Mim", ele sussurrou.

Ela fez o que ele pediu e esperou pelo próximo pedido.

Quando nada veio, ela tentou acalmar a respiração, tentou ouvi-lo no quarto.

Onde Ele poderia estar?

O que está fazendo?

Sua mente disparou, antecipando seus planos para ela.

Ela esperou o que pareceu uma eternidade, pensando que podia ouvi-lo respirar, mas nunca teve certeza.

Quando ele finalmente pensou que uma surra por desobediência era melhor do que esperar mais um segundo, ele pegou a venda, mas em vez de deixá-la se meter em problemas, ele disse: "Toque-se para mim".

Três palavras, três pequenas palavras, acenderam nela um fogo que ela nunca havia sentido antes .

Instantaneamente, as mãos dele estavam no corpo dela, uma no peito e outra entre as pernas.

Em segundos, ela estava se contorcendo de orgasmo, pernas abertas, joelhos esticados, dedos fodendo furiosamente sua boceta para gozar, suas costas arqueando até que nada além de sua bunda e a parte de trás de sua cabeça tocassem a cama.

"Sim! Robert! Oh, meu mestre Robert! Sim! Sim! Sim!"

Ela não caiu completamente depois de ouvir isso novamente:

"De novo. Faça de novo."

Ela rolou de bruços e colocou os joelhos sob o corpo, empurrando a bunda no ar para Ele ver.

Ela enterrou os dedos dentro de sua boceta o mais fundo que pôde e mais uma vez se masturbou para o entretenimento de seu Mestre.

Quando chegou, durou muito mais que o primeiro.

Ele alcançou seu lugar mágico repetidas vezes até que finalmente, correndo e subindo pela parte interna de suas coxas, ele começou a implorar por misericórdia.

Virando-se de costas, ela gritou:

"Robert! Oh, Robert! Por favor! Por favor! Por favor, foda-me agora!"

Ele não mostrou piedade quando a agarrou e a rolou bruscamente de bruços.

Ela reconheceu o chicote no momento em que fez contato com sua pele.

"Obrigado, Mestre! Obrigado por sua generosidade. Obrigado por me permitir gozar. Obrigado por me amar o suficiente para me punir quando eu não lhe mostro o devido respeito."

Cada golpe recebia a gratidão que ela deveria ter expressado quando Ele permitiu que ela viesse.

Ele não conseguia mais se conter!

Ele a montou como ela estava, de bruços e molhado de necessidade.

Ele deslizou dentro dela tão facilmente que ela pensou que ele iria destruí-la.

Ele agarrou seu cabelo com as duas mãos e bombeou-a febrilmente.

Ela ainda estava agradecendo quando sentiu seu membro profundamente dentro dela.

Ele a jogou e a torceu por dentro e ela se contorceu embaixo dele, esperando que Ele lhe desse o que ela precisava.

Ele fodeu-a durante o seu orgasmo, nunca abrandando ou parando até que finalmente estava a ejacular também, profundamente no seu ventre.

Ela deitou-se debaixo dele, ordenhando seu pênis com sua boceta e sussurrando repetidamente: "Obrigada, obrigada, meu doce possuidor", enquanto seu Mestre Robert murmurava elogios arrebatadores em seu ouvido.

O puxão constante da sua rata na sua pila manteve-o na posição vertical e logo as suas próprias ancas estavam a mover-se novamente.

Ele amava a maneira como os desejos e necessidades dela correspondiam aos seus.

Ela se entregou a Ele tão completamente que nunca houve um momento em que um deles ficasse satisfeito antes que as necessidades do outro fossem atendidas.

No início, o corpo dela às vezes sentia a dor de seu pênis longo e grosso e de sua forte reivindicação antes que ela estivesse totalmente satisfeita, mas agora seu corpo, sua barriga, sua própria alma se ajustavam contra ele como uma luva e a dor de seu amor era apenas aparente. no dia seguinte.

Ela era dele em todos os sentidos e estava tão feliz com isso quanto ele.

Robert ficou fascinado pela rapidez com que se preparou para ela novamente.

Ele deslizou as mãos pelos braços dela e agarrou seus pulsos.

Ela os segurou juntos acima da cabeça enquanto ele enfiava a mão na gaveta da mesa de cabeceira e pegava as algemas.

Depois de juntar os pulsos dela, ele puxou seu pau para fora de sua boceta faminta para ir até o armário pegar uma corda.

Ele amarrou a corda nos pulsos para usá-la como coleira.

Ainda vendada, ela respirava pesadamente e ele sabia que ela estava necessitada.

Ele enfiou a mão na gaveta novamente e tirou um piercing bucal.

"Abra sua boca, escrava Susan."

Ela fez o que Ele pediu sem questionar, porque ambos sabiam o significado do seu relacionamento.

Ele colocou o anel de vedação em sua boca e prendeu-o firmemente em volta de sua cabeça.

Então, ele a agarrou da cama e a colocou de joelhos.

O que se seguiu não foi punição, mas prazer e escrava. Susan aprendeu rapidamente que havia uma diferença.

Segurando-a pelos cabelos, Mestre Robert empurrou seu pênis através da mordaça e na garganta da escrava Susan.

Ele segurou-o ali até que ela começou a engasgar e então puxou-o para fora.

Ele empurrou novamente e a segurou, mas em segundos ela estava engasgando novamente.

Ele tirou e esperou.

Quando a respiração dela se estabilizou, Ele a empurrou novamente.

Desta vez ela conseguiu segurá-lo sem engasgar.

Ele não a bombeou, nem sequer se moveu, mas deixou seu pênis em sua garganta até que ela começou a se contorcer.

Quando a contorção dela se transformou em luta, ele puxou seu pênis e acariciou seu cabelo.

"Essa é minha garota!" Ele disse com orgulho. "Essa é minha doce menina."

Essas palavras ternas fizeram os mamilos da escrava Susan se contraírem e sua boceta ficou úmida de necessidade.

Mestre Robert estava treinando sua odalisca para pegar seu pau inteiro sem engasgar.

Era uma questão de paciência e prática, mas ela estava cada vez melhor.

Houve momentos em que ela nunca engasgou e quando isso aconteceu, ele a recompensou bem.

Mestre Robert moveu a corda até sua gola e a fez voltar para a cama.

"Você me quer escrava Susan?"

Sim, sua resposta foi com um aceno de cabeça.

"Você precisa de mim, escrava Susan?"

Sim novamente.

"Vamos ver se é esse o caso?"

Robert amarrou a corda na cabeceira da cama e fez um laço com a outra ponta, que deslizou pela cabeça dela e ao redor de sua garganta.

Então ele começou a tarefa de avaliar as necessidades de sua escrava Susan.

Entre suas pernas, ele deslizou para a posição para levar seu clitóris latejante em sua boca.

Ele a chupou suavemente, do mesmo jeito que ela o chupa quando o chupa.

As ancas da Escrava Susan começaram a rolar e a empurrar.

Incapaz de falar com o piercing na boca, ela simplesmente engasgou e gemeu.

Quando ela estava muito perto de gozar, Ele recuou, forçando-a a deslizar em sua direção e consequentemente apertando seu pescoço na corda.

Mestre Robert a fez se sentir maravilhosa.

Ele a lambeu lentamente da bunda até o clitóris e depois desenhou círculos preguiçosos ao redor do clitóris com a língua.

O que Ele fez com ela foi enlouquecedor e, ainda assim, maravilhoso, até que Ele recuou novamente.

A escrava Susan deslizou para baixo para obter a pressão que precisava da sua língua no seu clitóris.

Oh, se ela pudesse gozar agora mesmo!

Agora que a corda estava apertada e não havia mais folga, Mestre Robert levantou-se e enterrou seu pau duro na boceta pingante da escrava Susan.

Ele empurrou as pernas dela para trás e a fodeu profundamente, batendo contra o local que lhe dava tanto prazer, mordendo os seios que pertenciam a Ele e chupando seus mamilos cada vez mais forte, mas quando ela começou a se debater e gemer embaixo dele, ele voltou ... recuar, dando-lhe apenas a cabeça da glande e nada mais.

"NÃO!" ela pensou.

A venda, o piercing na boca, ela não conseguia ver ou falar para pedir misericórdia ou dizer-lhe sua necessidade, então ela cravou os calcanhares na cama e se forçou mais para baixo na cama em direção ao pênis que ela tanto amava.

Ela não conseguia respirar agora e a tensão da corda fez com que sua cabeça se inclinasse para cima e para o lado, mas ela precisava.

Ela tinha que senti-lo profundamente dentro dela.

Estava tão perto!

Ela não podia parar agora.

Mestre Robert sorriu encantado.

Ela teria o que tanto precisava ou morreria, e isso era Ele.

Ela o amava mais do que o ar que respirava e isso era o suficiente para ele.

Depois, ele deitou-se completamente em cima dela, e começou a empurrar-lhe profundamente e com força, chupando-lhe os ombros e mordendo-lhe o maxilar.

Quando sentiu as pernas dela envolverem-no e seu corpo começar a tremer, ele agarrou a corda e puxou os dois para a cama, deixando o ar retornar para sua boca aberta.

Observá-la ofegar e chorar e sentir sua boceta apertar e contrair em seu pau era mais do que ele podia suportar.

Ele pulou e pegou seu pau na mão.

Ele bombeou furiosamente até que finalmente gozou, disparando rajadas após rajadas de esperma através do anel e na boca da escrava Susan.

"Oh sim!" Ela pensou na primeira vez que o provou com a língua: "SIM! Seu corpo, que ainda não havia se recuperado totalmente de seu Mestre, agora estava novamente cheio de prazer.

Repetidamente, como ondas na praia, ela veio em sua direção.

Ele era sua alma gêmea em todos os sentidos, e juntos alcançaram o auge do puro êxtase.

Mestre Robert removeu a venda e continuou bombeando seu pau duro e ereto.

À medida que os olhos de Jennifer se ajustavam à luz, ela podia ver o seu Mestre enchendo-lhe a boca com o Seu esperma.

Ele então removeu a mordaça e permitiu que ela saboreasse seu presente enquanto ele continuava a libertar suas mãos e tirar as meias, os sapatos e, finalmente, a gola.

Mestre Robert a pegou nos braços e a abraçou com força.

Ele sussurrou o nome dela e disse que ela era dele e que a amava sem esconder nada.

Ela ficou tremendo em seus braços e Ele a puxou ainda mais para perto, garantindo-lhe que ela era estimada e protegida.

Quando seu corpo cansado parou de tremer, ele adormeceu pacificamente no doce abraço de seu Mestre.

***

Ela acordou quando Ele a pegou e a carregou para a banheira.

Ele entrou com ela e aninhou-a nos braços enquanto afundavam na água quente e fumegante.

Era magnífico e ela sorriu ao lembrar o quanto eles haviam gostado da banheira artesanal por tanto tempo.

Mestre Robert banhou-a com tanta delicadeza como se ela fosse um bebê recém-nascido.

Ele lavou o cabelo dela e prestou atenção especial em sua boceta e bunda sensíveis.

Ele esfregou o pescoço e os ombros dela com as mãos ensaboadas, arrastando-os pelas costas e até a bunda, que ele amassou como se fosse massa.

O banho dos escravos era um ritual no qual ela insistia, o que o tornava muito mais significativo para ela.

Foi lindo e ela estava tão feliz que não conseguiu conter as lágrimas enquanto Ele não sabia a diferença entre lágrimas e gotas d'água.

Quando ele a secou e penteou o cabelo, tirou a colcha e eles se arrastaram entre os lençóis frios sem dizer uma palavra.

Não havia nada a dizer que os corpos já não tivessem dito um ao outro.

Assim como sua rotina noturna, Robert lia para ela enquanto ela traçava seu corpo com as pontas dos dedos.

E com a permissão já concedida, ela cuidou dele até que ele entrasse em um mundo de sonhos que se tornaram realidade.

AUMENTO DE SALÁRIO

Anita bateu na porta como se não quisesse quebrá-la.

Isso não fazia sentido, já que ela era a única pessoa que restava na loja de donuts.

Ela e a pessoa do outro lado da porta, claro.

"Entre", a voz daquela pessoa soou.

Anita abriu a porta e entrou, fechando-a atrás de si.

O clique da fechadura quando ele pressionou a maçaneta pareceu ensurdecedor no escritório silencioso.

Érico Galvez ergueu os olhos da papelada em sua mesa.

Ele olhou para Anita, uma linda funcionária mexicana morena vestindo o uniforme escolar da loja, uma camisa branca de botão e uma saia xadrez curta, segurando um saco de donuts.

Ela tinha um corpo impecável e cabelos castanhos grossos e em camadas que não chegavam aos ombros.

"Oi, Anita", disse Eric.

O gerente da loja, casado, com dois filhos e na casa dos quarenta, largou a caneta e sorriu.

"Olá. Me desculpe se interrompi alguma coisa", ela disse timidamente.

"Claro que não", Eric assegurou-lhe. "Sente-se".

O pequeno escritório do gerente consistia em um sofá, duas cadeiras, uma escrivaninha e arquivos.

Eric observou Anita caminhar em sua direção, a saia balançando para frente e para trás.

Ela sentou-se na cadeira em frente à mesa de Eric, cruzou as longas pernas e deixou a saia chegar até as coxas.

Ele colocou a bolsa no chão ao lado dela.

"O que há de errado?", perguntou o gerente.

Anita hesitou, respirou fundo e lentamente passou os dedos de uma das mãos pela parte superior da perna, da barra da saia até o joelho.

"Estou pensando em sair do quarto alugado e ir para um apartamento", disse ele.

Ela estava no primeiro ano de uma universidade local, trabalhando em vários empregos em locais cujos horários não interferiam em suas aulas.

"Legal", disse Eric com entusiasmo, depois parou. "E você precisa de mais dinheiro? Um aumento?"

Anita olhou para ele timidamente, antes que uma expressão mais séria aparecesse em seu rosto.

"Não acredito quanto eles pedem de aluguel. E o pagamento inicial é..." ele começou a dizer.

"Eu sei", Eric interrompeu.

Ele olhou para ela por um momento.

Ela trabalhava para ele há quase um ano e pediu um aumento em outra ocasião.

Nesse caso, ela usou seu corpo para "influenciar" a decisão dele.

Na verdade, ele queria outro pedido dela desde então.

Eric olhou para o saco de donuts ao lado dele.

"Você vai levar alguns donuts para casa?", ele perguntou.

Os olhos de Anita caíram para a bolsa e voltaram para seu chefe.

"Não. É para você... para nós", ela respondeu.

Eric não precisava de mais explicações.

Ele também trouxe uma sacola da última vez.

E desta vez ele sabia o que fazer.

Ele se levantou e contornou a mesa, ficando atrás da cadeira de Anita.

Ela observou seu corpo atlético até que ele desapareceu atrás dela.

Um arrepio percorreu sua espinha em antecipação.

"Então, você me trouxe um donut", Eric disse suavemente. "E você gostaria de compartilhar."

Anita assentiu silenciosamente.

Eric olhou para a jovem, com a camisa desabotoada na parte superior e as pernas bronzeadas estendendo-se sob a saia larga.

Suas mãos agarraram nervosamente as pontas dos braços da cadeira.

Eric colocou a mão no cabelo da garota e passou os dedos pelo pescoço dela.

Ela sentiu a pele quente sob a gola da camisa dele, depois moveu a mão para a frente do pescoço antes de aproximar-se do botão superior.

Num movimento ágil, ele desfez o botão; seguido pelo próximo.

A parte superior de seus seios apareceu, envolta em um sutiã azul fino.

Os dedos dele deslizaram sobre a pele macia do seio esquerdo e depois voltaram para o botão seguinte.

Usando as duas mãos, ele circulou seu pescoço e abriu cada botão até chegar ao topo da saia.

Eric tirou a camisa da saia e abriu o último botão.

A camisa de Anita abriu apenas o suficiente para Eric ver a maior parte de cada seio de cima.

Ele os observou subir e descer enquanto ela ofegava.

Um gancho central entre os seios mantinha o sutiã unido.

Isto não foi coincidência, Eric pensou consigo mesmo.

Ele se abaixou e desabotoou o sutiã, deixando as duas metades descansarem livremente nas pontas dos seios.

Anita continuou sentada imóvel, olhando para as mãos de Eric ou para frente.

Ela sabia que as coisas estavam prestes a mudar rapidamente.

Eric colocou as mãos na parte superior dos seios dela e os deixou cair até que seus dedos removeram o sutiã.

Ele segurou seus seios nus e marrons em suas mãos, segurando-os suavemente por um momento.

Finalmente, ela colocou os mamilos de Anita entre os polegares e os indicadores e beliscou-os com ternura.

A jovem suspirou audivelmente.

Eric sentiu seu pênis endurecer dentro das calças enquanto manipulava os mamilos.

Eles endureceram sob seu toque e Anita sentiu uma pontada de excitação percorrer seu estômago até sua boceta.

Eric colocou as mãos em volta dos seios dela, mas mal conseguiu preenchê-los.

Ele os pegou e os observou se acomodarem em suas palmas.

Ele contornou a cadeira e ficou entre a mesa e Anita, olhando para ela brevemente.

"Levante-se e tire a camisa", disse ele com voz calma.

Anita descruzou as pernas e ficou a poucos centímetros do chefe.

Ele levantou a camisa sobre os ombros e a deixou cair na cadeira.

Sem parar, ela fez o mesmo com o sutiã.

Eric colocou as mãos na parte externa das coxas de Anita e levantou as mãos até que desaparecessem sob a saia pequena.

Anita sentiu mãos subirem por fora de sua calcinha e por cima de sua bunda.

Então Eric moveu as mãos até a cintura dela e agarrou a alça da calcinha dela.

Lentamente, ele os baixou, ajoelhando-se enquanto passavam por cima dos joelhos e dos pés.

Ele colocou a calcinha preta na cadeira e tirou os sapatos.

Depois de se levantar, ela olhou para a saia e disse:

"Tire."

Anita abriu o zíper da saia e a deixou cair no chão, saindo e chutando-a para o lado.

Eric admirou sua cintura fina, quadris e coxas cheios,

pernas longas e pés pequenos.

Os seus olhos voltaram para a rata dela e para a pequena e fina madeixa de cabelo escuro acima do clitóris.

Anita se sentiu extraordinariamente sexy naquele momento, a umidade entre suas pernas aumentando a cada segundo.

Ela queria o homem à sua frente nu e sabia que isso era inevitável.

"Tire minhas roupas", ele disse a ela.

Ele teve que desacelerar deliberadamente seus movimentos para não revelar seu desejo.

No entanto, Anita logo puxou a camisa de Eric pela cabeça, revelando uma parte superior do corpo bem construída, se não excessivamente musculosa.

Ela olhou para baixo e desafivelou o cinto, os olhos de Eric alternando entre os seios e as mãos.

Ela desabotoou as calças dele e puxou-as para baixo até que caíssem sozinhas sobre as panturrilhas.

Anita se ajoelhou e tirou os sapatos e as meias antes de tirar as calças e jogá-las de lado.

Ele olhou para frente, para a protuberância crescente em sua boxer, então agarrou o cós e puxou-a para baixo.

O enorme pau de Eric estava apenas semi-ereto, mas Anita sentiu uma onda de excitação fluir sobre ela enquanto tirava sua boxer.

Ela se levantou e encarou seu chefe.

Para alívio de Anita, ele deu o primeiro passo, abraçando-a e puxando-a para si.

Ele beijou-a apaixonadamente, pressionando a sua pila contra o corpo dela e movendo as mãos para o rabo dela.

Eric apertou suas bochechas macias enquanto suas línguas se encontravam entre os lábios.

Anita sentiu sua boceta roer contra seu corpo, sem ter certeza se ela estava mais determinada a satisfazer a si mesma ou a Eric.

O beijo deles continuou enquanto ela passava a mão em torno de seu pênis, sentindo-o pulsar.

O galo começava a apontar para cima e a rapariga bombeava repetidamente a mão para cima e para baixo do membro.

Quando o beijo terminou, Eric olhou para Anita e disse:

" Minha esposa não faz isso comigo. Você faz isso maravilhosamente."

"Obrigado, que bom que você gostou", ele sorriu.

"Estou com fome", disse Eric.

"Eu também".

Eles se moveram em direção ao sofá.

Eric pegou o saco de donuts no caminho.

Ele encontrou tempo para observar o traseiro pequeno e redondo de Anita saltar com seus passos antes de se deitar no sofá, com a cabeça apoiada em um pequeno travesseiro em uma das extremidades.

Eric enfiou a mão na sacola e tirou um donut e uma pequena faca de plástico.

"Ah, recheado com creme de baunilha. "Meus favoritos", disse ele. "Você gostaria de compartilhar?"

"Eu adoraria", respondeu Anita.

Eric se ajoelhou e colocou o donut com cobertura de chocolate na barriga lisa da garota, cortando-o cuidadosamente ao meio com a faca.

Um arrepio percorreu o corpo de Anita quando a faca mal roçou sua pele.

Eric observou-a estremecer quando a lâmina da faca reapareceu de dentro do donut grosso, depois colocou a faca e metade do donut em cima do saco no chão.

Ele tirou o donut da barriga dela e virou o centro cheio de creme para ela.

Metodicamente, ele baixou até que o mamilo do seio direito estivesse diretamente abaixo do creme.

Com um golpe longo e suave, ele colocou uma camada de creme de baunilha sobre o seio dela.

Anita fechou os olhos enquanto o acolchoamento frio cobria seu mamilo e a pele ao redor, enviando ondas através de seu corpo em direção ao estômago e à vagina.

Eric moveu o donut ligeiramente para o lado e repetiu o processo, acrescentando uma segunda fita de creme adjacente à primeira.

Finalmente, ela virou o donut e esfregou a cobertura de chocolate na ponta do mamilo rígido.

Eric colocou o donut na sacola e olhou para Anita.

Ela estava observando atentamente, antecipando seu próximo movimento e implorando silenciosamente para que ele a devorasse.

Eric moveu a cabeça sobre o peito dela e passou a língua sobre o mamilo, saboreando o chocolate doce.

Anita quase gemeu alto, mas se conteve e observou a língua de seu chefe alongar seu caminho para incluir uma polegada acima e abaixo de seu mamilo.

Ele engoliu uma vez antes de voltar ao seio, desta vez abrindo bem a boca e absorvendo o máximo possível do seio redondo e cheio da garota.

Sua língua raspou o mamilo várias vezes antes de seus lábios se fecharem ao redor da carne rosada e chupá-la.

Desta vez, Anita não conseguiu se conter.

"Oh, Deus", ele sussurrou.

Eric ergueu a cabeça e lambeu o creme dos lábios.

Quando sua boca pousou mais uma vez no seio de Anita, sua mão estava empurrando o seio para cima e ele lambeu avidamente o resto do creme de baunilha de sua pele.

Sempre voltava para o mamilo.

Anita arqueou as costas, empurrando o peito para cima.

Ela sentiu a umidade entre suas pernas aumentar a cada passagem da língua dele sobre seu mamilo e ela tinha certeza que ele poderia fazê-la gozar se a mantivesse assim.

Ela pegou o donut novamente, desta vez espalhando mais o recheio branco e o chocolate no seio esquerdo.

O creme cobriu quase dois terços de seu peito, deixando Eric com uma meia rosquinha quase oca na mão.

Depois de colocar o donut de volta na sacola, ele se inclinou sobre o corpo de Anita e começou a expor meticulosamente seu seio, uma lambida de cada vez.

A garota moveu a mão para o topo da cabeça de Eric e pressionou com mais força contra seu peito.

Enquanto isso, a mão dele se moveu do quadril dela para o meio das pernas, acariciando momentaneamente o clitóris enterrado sob uma mecha de cabelo castanho escuro bem cortado.

"Oh, Jesus", ele disse suavemente. "Isso é tão bom."

Com apenas uma pequena quantidade de creme de baunilha no peito, Eric subiu no sofá, colocando as pernas entre as dele.

Seu pênis estava totalmente ereto agora, apontando para cima em um ângulo agudo.

Ele se inclinou para frente e colocou seu pênis em seu peito coberto de creme, movendo-o para frente e para trás até ter uma pequena camada de recheio branco.

Anita usou a mão para direcionar o pau para as áreas com mais creme.

Logo, ficou branco da cabeça rosada até a base.

Anita observou Eric deslizar para frente e levar seu pênis aos lábios.

Ansiosamente, ele abriu a boca e aceitou o presente.

O sabor açucarado do creme quase a fez esquecer o amor que sentia pelo sabor de um pau quente e duro.

Sua língua trabalhou todos os lados do membro enquanto Eric a deslizava para dentro e para fora de sua boca, fazendo-o gemer de prazer.

" Hummm , Anitta. Me chupe, me lamba assim", disse Eric. "Sim, sim. Assim."

Demorou alguns minutos para a garota tirar o último creme de seu pau; chupando, lambendo e engolindo o mais rápido que podia.

Quando terminou, Eric estava mais duro do que antes e estava perto do clímax.

"Foda-me, Eric", exclamou Anita em voz alta. "Eu quero você em mim. Por favor."

Quando seu chefe saiu do sofá, Anita abriu as pernas e levantou os joelhos.

Quando ele tinha a sua pila na entrada da rata dela, a mão dela estava numa posição pronta para o guiar para dentro dela.

Até ela ficou surpresa com o quão pronta ela estava para ele.

Assim que a cabeça do pênis inchado encontrou a abertura, Eric foi capaz de se abaixar até que suas coxas se encontrassem em um tapa suave.

"Deus, sim. "Foda-me", disse Anita.

Eric foi rápido em atender às suas exigências.

Ele a levantou pela bunda e começou a deslizar seu pau para dentro e para fora, sentindo-a contrair sua vagina periodicamente.

Anita levantou as pernas e gentilmente envolveu-as na cintura de Eric, permitindo que ele a levantasse ainda mais.

Os seios de Anita balançavam ritmicamente.

Ele beliscava seus mamilos ocasionalmente, enviando o que pareciam correntes elétricas diretamente para sua boceta.

Enquanto isso, Eric se reposicionou para que uma mão livre pudesse massagear seu clitóris.

Ele encontrou facilmente a protuberância inchada e esfregou-a.

A cabeça da menina começou a balançar de um lado para o outro e murmurou:

"Porra. Merda. Sim ali. Lá!"

Eric o esfregou com mais força e sentiu seu corpo ficar tenso.

Suas pernas o apertaram com força e ela gritou: "Ahhhh. Oh, Deus. Agora."

O seu orgasmo começou com outro gemido abafado e as suas ancas levantaram-se para encontrar os seus impulsos para baixo.

Por pelo menos trinta segundos, Eric penetrou nela de novo e de novo, enquanto ela gemia e gritava para ele transar com ela.

Eric queria que a sensação de sua boceta apertada ao redor de seu pênis e seu corpo se contorcendo debaixo dele durasse para sempre.

Ele segurou sua bunda enquanto ela lentamente começava a se acomodar no sofá.

Agora capaz de se concentrar em seu próprio corpo, Eric sentiu a primeira onda de esperma subir de suas bolas.

Anita sentiu o orgasmo que se aproximava nele e incentivou-o a continuar.

"É isso. Vamos, goze na minha buceta."

O pau de Eric explodiu em uma inundação de esperma que Anita sentiu enchendo seu interior.

O fluido quente disparou em vários jatos, cada um acompanhado por um gemido alto.

Eric agarrou Anita pelos ombros e pressionou o corpo dela contra o dele.

Quando ele estava prestes a terminar e ficou parado com o pau dentro dela, Anita apertou sua boceta com força.

"Ahhh, porra. "Pare," Eric murmurou, quase sem fôlego e meio rindo.

Ele se sacudiu uma última vez e caiu de cima dela, flácido e totalmente exausto.

Ele estava deitado em seus braços, a cabeça em seu peito e as pernas ainda enroladas em sua cintura.

"Tudo o que você precisa fazer é pedir quando quiser", disse Eric suavemente, seu dedo traçando o contorno do mamilo dela.

"Eu estava com fome hoje", disse ela.

SITUAÇÃO INESPERADA

41

CAPÍTULO I

"Estarei esperando por você no quarto, use algo revelador", John disse a ela.

Eles o trataram como comida para viagem, pensou Gina ao encerrar a ligação.

E foi assim que ela se sentiu agora, enquanto aplicava a maquiagem no espelho da penteadeira: olhos sombreados , lábios vermelhos em formato de coração e maquiagem suficiente no rosto para não fazê-la parecer uma figura de um museu de cera.

Mais alguma coisa que você queira em seu pedido, querido?

Satisfeita com seu trabalho, ela caminhou descalça pelo carpete do quarto, vestindo apenas sutiã e calcinha, e abriu o armário.

De uma prateleira acima de onde estavam suas roupas, ele tirou uma caixinha de dinheiro e levou para a cama.

Quando ela abriu, muitas notas de dezenas e vinte caíram nos lençóis de seda.

Gina contou quatro de vinte e colocou o resto dentro da caixa.

Ela colocou a caixa de volta no armário, guardou o dinheiro na bolsa e começou a se vestir.

John morava do outro lado da cidade, em uma luxuosa casa de cinco quartos perto do canal.

Levaria dez minutos para chegar até lá, dependendo do trânsito da tarde.

Ele era um cliente relativamente novo dela, a quem ela já havia atendido seis vezes até agora.

Ela o odiava.

Ele era arrogante, rude e completamente pervertido.

Ele era descendente de italianos: pele morena, nariz grande e cabelos pretos e grossos por toda parte.

John adorava comer e Gina achava que ele parecia um cruzamento entre um gangster dos anos 1940 e um porco barrigudo.

Ele se gabava dos laços que tinha com o submundo do crime, mas Gina não tinha certeza se o que ele dizia era verdade.

Ela pensou que ele estava apenas tentando impressioná-la.

Ela não conseguia entender por que os homens achavam que isso era atraente para as meninas.

Gina odiava violência e desligava o filme ao primeiro sinal de sangue ou violência.

Mas John definitivamente estava em algum tipo de negócio duvidoso.

Ela tinha visto armas em sua casa.

Ele ouviu telefonemas acalorados durante o relacionamento sexual que John se recusou a ignorar.

Falando sobre dinheiro e drogas.

Ela achava homens como John odiosos: gananciosos, egoístas, desonestos e corruptos.

No entanto, ela precisava muito do dinheiro.

A vida de Gina estava cheia de dívidas.

Um curso universitário de humanidades, o mini Fiat, que ela levava todos os dias para o trabalho de secretária, para comprar roupas, férias em Ibiza e um empréstimo que fez para mobiliar seu apartamento.

Ela estava nadando em dívidas, mas as empresas de empréstimo nunca lhe negaram nenhuma.

E foi por isso que ela trabalhou como acompanhante particular durante o ano passado.

Privado era a palavra-chave.

Ela não tinha publicidade online, com muito medo de que sua família ou amigos descobrissem seu sórdido segredo.

Caso contrário, ela dependia do boca a boca e de seus clientes regulares, caras como John.

O primeiro homem que pagou para ela fazer sexo com ela se chamava Peter.

Ela o conheceu em um site de namoro após o rompimento com Adams, mas soube imediatamente que ele não era para ela.

Não era o fato de ele ter quarenta e poucos anos e ser quinze anos mais velho que ela.

Na verdade, essa foi a razão pela qual ela o conheceu, pensando que um homem mais velho poderia lhe dar o que Adams, um jovem de 24 anos, não poderia.

Compromisso, segurança, talvez novas experiências sexuais.

Ela simplesmente não sentia nenhuma conexão com Peter, e percebeu isso uma hora depois do primeiro encontro deles, um jantar para dois em um restaurante indiano na parte mais bonita da cidade.

Ela se despediu e agradeceu pela refeição deliciosa, pensando que seria a última vez que o veria.

Mas Peter estava mais interessado nela do que inicialmente pensava.

Ele a contatou dois dias depois com uma oferta de pagá-la por sexo.

Gina ficou surpresa a princípio, até mesmo ofendida.

Com seu cabelo loiro tingido e bronzeado e sua propensão para roupas reveladoras, ela sabia que causava uma certa impressão atraente.

Mas isso não faria dela uma vagabunda, ou alguém que abriria as pernas ao primeiro sinal de problemas financeiros.

Ela certamente conheceu garotas que o fariam.

Mas Peter parecia ser um cara tão legal, e quanto mais Gina pensava em sua dívida, ela começava a se perguntar qual seria o mal em aceitar a oferta. Haveria um benefício mútuo.

Peter a possuiria e ela conseguiria o dinheiro que precisava desesperadamente.

Se ninguém acabar ferido, realmente, qual foi o problema?

Gina era ingênua, entretanto.

Ela nunca imaginou o quão viciante o sexo pago poderia ser, nem o quão miserável e barato isso a faria se sentir.

Para piorar a situação, Peter não era o cavalheiro que ela inicialmente pensara que ele fosse.

Logo se espalhou a notícia de que ela era boa em seus serviços e isso só poderia ter acontecido porque ele divulgou diretamente.

Ofertas de todos os tipos, através do site de namoro onde ela conheceu Peter, encheram sua caixa de correio.

Eu não conseguia acreditar quantos homens mais velhos procuravam mulheres mais jovens para fazer sexo e quantos estavam dispostos a pagar por isso.

Tinha sido muito lucrativo para ela e ela logo aprendeu que poderia ganhar mais dinheiro se estivesse disposta a ultrapassar um pouco mais seus limites.

Os homens pagavam mais por coisas como anal, dominação, chuva dourada e vários tipos de dramatização.

Gina investiu em uniformes escolares, lingerie sexy e chicotes. Ela comeu tudo o que sugeriram, colocou todo tipo de objeto dentro dela e até fingiu amamentar um homem de cinquenta anos usando fralda.

É claro que John, com seu dinheiro, desfrutou de todas as comodidades disponíveis.

De prostitutas de alta classe a estrelas pornôs e até modelos da página três.

Era uma obsessão que beirava o vício.

Parecia que todas as meninas jovens e bonitas estavam dispostas a vender seus bens enquanto ainda eram desejáveis.

Foi trágico.

Então, não foi nenhuma surpresa que, depois de saber por um amigo, John entrou em contato com Gina.

E esta noite seria a quinta vez que estavam juntos.

Gina olhou para o relógio e ajeitou as roupas no espelho do corredor. "Tudo acabará em um ano, garota", ela lembrou a si mesma.

'Você consegue.'

Então ele pegou as chaves e saiu pela porta.

CAPÍTULO II

Dez minutos depois, ele parou na Midesting Road.

Passava pouco das dez e meia e uma festa na piscina em uma das outras casas estava a todo vapor.

Ele passou pelos portões de ferro forjado da casa de John e estacionou o Fiat na entrada da garagem.

A lua brilhava no teto da Mercedes prateada de John quando ela ouviu o som de seus saltos batendo no cascalho e caminhou até a lateral da casa.

John lhe disse para entrar pela entrada dos fundos.

Esta noite eles vão jogar um RPG.

Ele estará deitado na cama e ela entrará como uma ladra e o surpreenderá.

John adorava misturar as coisas.

Ela nunca conheceu um homem tão sexualmente imaginativo.

Ele parou no meio da lateral da casa e olhou para cima e para baixo no beco.

Ela tinha certeza de que ninguém a veria lá, mas queria ter certeza, só para garantir.

Ela abaixou a calcinha, deslizando-a sobre os calcanhares, e então endireitou a saia.

Ela colocou a calcinha dentro da bolsa.

Renda vermelha, a favorita de John.

Então ela cambaleou pelo caminho e abriu a porta do jardim dos fundos.

Uma lata de lixo de metal fez barulho quando ela acidentalmente a chutou com a ponta do calcanhar afiado.

'Estúpido!' Ela se repreendeu.

A luz da cozinha estava acesa e a porta do pátio que dava para ela estava entreaberta.

John deve ter deixado aberto para ela.

Gina puxou o cabelo para trás, continuou seu passeio sensual e entrou em casa.

Ele sentiu cheiro de queimado quando entrou na cozinha e fechou a porta.

Provavelmente era um dos charutos que John gostava de fumar.

Ele era um gangster fumante .

A casa estava em silêncio.

John devia estar esperando por ela na cama como havia dito.

Gina atravessou a sala de jantar cuidadosamente mobiliada, toda moderna e com móveis de madeira em um tom vermelho escuro, e saiu para o corredor.

Ela olhou para a escada em espiral.

"John", ele disse zombeteiramente. 'Você está pronto ou não?'

Seus saltos batiam nos degraus polidos enquanto ela subia as escadas.

Quando ela entrou no corredor, viu a porta do quarto de John aberta.

A luz estava acesa, mas ainda não fazia barulho.

Então ele ouviu um estalo.

'John?'

O bastardo gordo provavelmente estava sentado em seu trono no banheiro da suíte.

Gina alisou os cabelos, baixou o decote e entrou na sala.

Tudo pareceu parar naquele momento.

Todo o corpo de Gina congelou.

Deitado na cama, completamente nu e olhando para o teto, estava John, com uma poça de sangue encharcando os lençóis ao seu redor e sua garganta cortada.

Gina soltou um grito.

Uma figura escura saiu de trás da porta e agarrou-a, passando um braço em volta do pescoço e colocando a mão sobre sua boca .

"Não faça barulho ou vou cortar o seu também", disse ele.

Gina sentiu a ponta fria e afiada de uma faca em seu pescoço.

'Quem é?' ela gemeu.

'Alguém que você não gostaria de foder'

O homem apertou o pescoço dela com mais força com o antebraço musculoso.

'O que você está fazendo aqui?'

— Vim ver John.

'Para que? '

'Ele me pediu para fazer isso.'

'Porque?' o homem exigiu.

'Só para ver.'

Ele esmagou a traquéia de Gina com o braço, fazendo-a engasgar.

'Porque?' gritar.

— Para fazer sexo — Gina conseguiu gaguejar.

Ela começou a tossir enquanto o homem aliviava a pressão em seu pescoço.

'Você é uma prostituta? ' ele disse.

'Não!'

'Então que?'

'Uma companhia.'

"É a mesma coisa", disse o homem.

Gina não disse nada, com muito medo de que o homem pudesse quebrar seu pescoço ou esfaqueá-la se ela o contrariasse.

"Parece que temos um problema", disse ele.

Ele se virou para o corpo sem vida de John, mantendo Gina firmemente presa entre seu braço e peito.

Gina sentiu que ia ficar doente ao ver tanto sangue.

"Agora você é testemunha de um assassinato."

— Por favor — implorou Gina.

'Não vou contar a ninguém. Apenas me deixe ir.'

CAPÍTULO III

Uma risada sinistra emergiu do homem.

'Certamente você entende que não será tão fácil assim.'

O medo percorreu o corpo de Gina.

Ele sentiu a urina quente começar a escorrer pela parte interna de suas pernas.

Ela não queria morrer esta noite.

O homem agarrou o braço dela com a mão enluvada de couro e levou-a ao banheiro.

Ele fechou a porta atrás deles e se virou para olhar para ela.

Gina recuou para um canto quando viu o rosto dele.

Ela não esperava que fosse um dos rostos mais lindos que já tinha visto, mas foi a cicatriz profunda que descia pela lateral da bochecha que mais a surpreendeu.

E seu corpo parecia feito para matar, com ombros de campeão de boxe e que poderia quebrar um pescoço ao meio.

Ele era um monstro.

Ele a olhou de cima a baixo com duros olhos azuis.

'Quem sabe que você está aqui?'

'Ninguém! Por favor, você pode me deixar ir e escapar. Garanto-lhe que não contarei à polícia.

Ele se aproximou dela com um passo lento e predatório.

'É tarde demais para isso. Você já viu meu rosto.

'Eu prometo que não vou contar. Por favor, não me importo com você ou John, só quero ir para casa. Eu não quero morrer." Gina começou a chorar.

O homem colocou a mão enluvada em seu ombro nu e aproximou-se de seu rosto ameaçadoramente.

Gina sentiu o ar quente de seu nariz roçar em suas bochechas.

— Pronto, pronto, pronto — ele ronronou. 'Por que estragar esse rosto lindo?'

Ela passou um longo dedo pela bochecha manchada de lágrimas de Gina.

Todo o corpo de Gina gelou quando ela sentiu seu toque.

Havia algo extremamente conflitante na atração que ela sentia pelo corpo daquele homem e no medo que sentia ao ser presa contra a parede por alguém que ela sabia que poderia facilmente matá-la.

Ele se inclinou mais perto e passou a língua áspera pelo rosto dela, fazendo-a sentir um arrepio percorrer sua pele.

Ela não esperava o que viria a seguir.

A mão enluvada do homem deslizou sob sua saia, enquanto seus longos dedos sondavam seus lábios expostos.

"Garota malvada", disse ele diante de sua descoberta inesperada.

'Por favor... ah'

O homem havia tirado a luva e um dedo longo e carnudo estava agora dentro dela.

Ela encontrou o clitóris de Gina suavemente e o massageou, criando um calor que começou a se espalhar por dentro dela.

Ela passou a língua pelos contornos firmes do pescoço de Gina ao mesmo tempo.

Gina se virou e viu seu reflexo no espelho acima da pia.

E ele também viu aquela fera alta e estranha afundando em seu pescoço como um vampiro, a lâmina da faca em sua mão livre brilhando na luz halógena como um aviso.

Ela não se atreveu a se mover por medo de que ele usasse a ponta afiada contra ela.

O homem se afastou e passou o olhar pelo corpo dela.

Havia uma excitação profunda neles, como se ele pudesse ver o corpo nu dela através das roupas.

Ele tirou a bolsa do ombro dela e a deixou cair no chão, enquanto um tubo de batom e uma calcinha vermelha caíam no chão.

Ele agarrou um dos seios dela através do colete justo e apertou-o suavemente, depois passou o dedo sobre o mamilo quando ele ficou em posição de sentido.

Ela era uma massa em suas mãos.

'O que você vai fazer comigo?' ela perguntou.

'Já que estamos sozinhos e temos o lugar pronto só para nós, vou te dar o que aquele cara ali nunca vai te dar.'

Ah, meu Deus, pensou Gina. Isso não.

Sentindo o medo dela, o homem sorriu.

'Não te preocupes. Depois de me experimentar em sua boceta, você ficará feliz que o outro esteja morto.

O homem estava certo sobre eles estarem sozinhos.

Sem vizinhos por perto, qualquer pedido de ajuda seria infrutífero.

Se... se ela concordasse, fizesse o que o homem dissesse, ela poderia sair de casa viva.

Com todas as outras probabilidades contra ela, que escolha ela tinha além de realizar o melhor RPG de sua vida?

Então ele tomou uma decisão.

Ela iria dar o melhor desempenho de sua vida.

E se ele falhasse, ela tinha um plano alternativo.

"Tire isso", rosnou o homem, apontando a cabeça para o colete.

Gina fez o que ele disse.

Quando o colete deslizou sobre sua cabeça, ela balançou os cabelos e olhou para o corpo dele.

" Eu quero que você fique nu também", disse ele.

O homem soltou uma risada zombeteira.

— Você não vai me dizer o que fazer. E não sou tão estúpido quanto você parece pensar. Puxe para baixo.' Ele acenou com a cabeça em direção à saia de Gina.

Ela desabotoou a saia e deixou-a cair pelas pernas, depois chutou-a na direção dele com o calcanhar.

Ela estava ali diante dele de salto alto e sutiã, com os lábios raspados expostos ao ar fresco do banheiro.

Ela ergueu os olhos azuis com aros de rímel para o olhar penetrante de seu captor.

" Que doce e lindo", disse ele, sugando o ar pelas narinas. 'Inversão de marcha.'

Gina se virou e olhou para a parede de azulejos.

Através do reflexo do espelho, ela observou o homem se inclinar e acariciar sua virilha enquanto estudava seu traseiro.

A grande protuberância que ela viu saindo de suas calças a deixou saber que ele era bem dotado.

Ele a fez se inclinar para frente, agarrou seus quadris e trouxe sua virilha em direção a ela.

A protuberância dura e gorda estava agora pressionada na fenda das nádegas.

Sua mão nua tocou sua bunda e a empurrou para frente, a faca ainda firmemente presa na outra.

Gina observou enquanto ele o colocava na bancada ao lado da pia e começava a desabotoar as calças.

Ela olhou para a faca, lutando contra a vontade de agarrá-la.

Mas ela sabia que não poderia ser tão estúpida; Com seu tamanho, o homem dominaria seu pequeno corpo de um metro e meio em segundos. Ainda assim, era tentador... muito tentador.

Suas calças pretas caíram no chão revelando uma boxer preta sobre coxas enormes e musculosas.

Sua ereção subiu em direção à bainha, inchada e enorme.

Gina engoliu o suspiro que quase escapou de sua boca.

Como ele poderia encaixar tudo isso?

O pau grande estava se esforçando contra o tecido apertado de sua boxer, ansioso para sair.

Quando o homem os puxou para baixo, a grande cabeça roxa caiu no rosto de Gina.

O membro grosso e com muitas veias tinha pelo menos 23 centímetros de comprimento.

O assassino era um Adônis sexual.

Ele agarrou o quadril dela com a mão ainda enluvada e pegou seu pau com a outra, guiando-o em direção aos lábios da boceta de Gina.

Quando ela sentiu o pênis quente e macio entre os lábios, Gina engasgou.

E quando ele colocou dentro, seus joelhos quase dobraram.

O pênis entrou com uma profundidade ousada, pulsando de excitação dentro de sua vagina quente e úmida.

Ele atingiu uma área dentro de Gina que nunca havia sido penetrada antes, e seu clitóris traiçoeiro começou a bombear de excitação, a umidade acumulando-se em seus lábios e paredes para acomodar esta excitante nova chegada.

O homem começou a empurrar, seus quadris fortes capazes de forçar a dureza das paredes internas de Gina a uma velocidade extraordinária.

Foi incrível.

Ela agarrou a borda do balcão da pia enquanto ele continuava a penetrar os lábios molhados de sua boceta, suas bolas batendo contra ela.

Ele tirou a outra luva e com suas mãos grandes e surpreendentemente macias percorreu sua espinha e abriu seu sutiã.

Caiu no chão de ladrilho, liberando seus seios.

Agora ela estava apenas de salto alto quando a enorme fera a atingiu por trás.

Gina o sentiu se retirar, sua boceta sentindo uma explosão momentânea de alívio.

Mas não demorou muito até que o seu pénis estivesse novamente dentro dela, mas desta vez em direcção ao seu rabo.

O enorme pau do assassino penetrou nas dobras apertadas do ânus de Gina, enviando uma dor aguda através dela.

Por um momento, ele pensou que não seria capaz de suportar a dor, seus músculos se contraíram para expelir aquele objeto estranho, mas depois relaxaram quando a dor começou a se transformar em prazer.

Gina já havia recebido sexo anal antes, mas não de um falo tão grande como este.

O prazer que a enchia agora era diferente de tudo que ela já havia sentido antes.

Ela teve que se lembrar de onde estava.

Na casa de John sendo fodido por um homem que acabara de matá-lo.

O cadáver de John, morto e já um tanto frio, jazia a poucos metros de distância, na outra sala, como uma efígie horrível de seu antigo eu.

Gina sabia que jamais conseguiria apagar aquela imagem de sua memória, por mais que o desprezasse.

E apagaria o ódio que ela sentia por ele se com isso ele pudesse voltar vivo e ajudá-la agora.

Mas há algo estranho no que acontece quando você enfrenta uma ameaça de morte, e Gina estava vivenciando isso pela primeira vez neste banheiro onde ela estava agora mantida em cativeiro.

Um instinto assume o controle, tão primário que não parece mais um instinto animal.

E você sabe que fará qualquer coisa para sobreviver.

CAPÍTULO IV

O homem bateu em sua bunda com estocadas furiosas, saliva escorrendo de sua boca, seu belo rosto corado e excitado.

Os sons baixos e guturais que ele fazia avisaram Gina que ele estava prestes a gozar.

Ela agarrou a borda do balcão com força.

As pontas dos dedos ficaram brancas enquanto ele segurava.

'Porra', o homem gemeu.

' Eu vou gozar.'

E ele o fez, e um suspiro pesado saiu de sua boca, ele fechou os olhos e arqueou a cabeça para trás...

E Gina aproveitou a chance.

Ele largou o balcão e pegou a faca.

Com um movimento cego e forte do braço, ele o enfiou no pescoço do agressor.

Ela pulou e pressionou as costas contra a parede, os azulejos frios contra suas costas encharcadas de suor.

Com os olhos arregalados de medo e preocupação, Gina viu que o homem estava parado em uma postura estática, engasgado enquanto seus grandes olhos olhavam para ela.

A faca projetava-se de seu pescoço grosso e brilhante, e sangue vermelho escuro escorria pela gola de seu casaco preto.

A sua piça ainda estava erecta, com um rasto brilhante de esperma pendurado na ponta.

Seus olhos atordoados permaneceram fixos nos de Gina enquanto sua boca se abria e o sangue escorria pelo lábio inferior.

Ele conseguiu balbuciar a palavra 'Vadia' antes de cair para trás e bater na porta.

Gina olhou para ele por um momento, o peito subindo e descendo, antes de soltar uma risada enlouquecida. Seu plano funcionou.

Primeira vez. Ela o viu fechar os olhos no espelho enquanto ejaculava, então ela se deleitou com o fato de ter tornado o ataque muito mais fácil.

Ela pegou suas roupas e se vestiu rapidamente, desta vez colocando a calcinha novamente.

Ela pegou sua bolsa e chutou o agressor com a ponta afiada do calcanhar. Então ela cuspiu na cara dele.

'Isso é por me chamar de puta, seu filho da puta!'

Ele empurrou seu corpo para trás para que pudesse abrir a porta.

A parte de trás de seu crânio bateu no tapete com um baque quando ele abriu a porta.

Ela passou na ponta dos pés sobre o corpo encharcado de sangue e entrou no quarto.

Ela olhou para o corpo de John na cama.

Sangue no chão.

Sangue na cama.

Morte em todos os lugares que ele olhava.

Foi demais.

Gina saiu correndo da sala e desceu a escada em espiral o mais rápido que seus saltos podiam levá-la, triângulos vermelhos manchando o chão em seu rastro.

Ao pé da escada ela parou, enxugou as lágrimas e controlou os pensamentos.

Esse estilo de vida arruinou tudo para ela.

Isso a tornou infeliz e cínica em relação aos homens.

Ele havia reorganizado seu moral.

E aquele bastardo gordo e morto era um dos piores, com seus modos corruptos e fantasias sórdidas.

Ele era um modelo na sociedade, mas espalhava e contagiava tudo que tocava com seus modos corruptos.

Incluindo ela.

Ela o transformou em algo que ela não era.

E agora ele a transformou em uma assassina.

Ela matou em legítima defesa e a merda em uma poça de seu próprio sangue merecia tudo o que tinha acontecido com ela.

Mas ela sabia que nunca esqueceria.

Como ele a maltratou como se ela não fosse nada mais que uma prostituta suja, e como seu corpo a traiu ao responder com prazer ao toque de suas mãos sujas e assassinas.

Quantas vidas de outras meninas essas duas devem ter arruinado?

E quanto aquelas meninas ainda estavam sofrendo?

Não vou sofrer mais, pensou Gina.

Ele subiu as escadas correndo e entrou no quarto.

A visão dos dois cadáveres lhe deu vontade de vomitar, mas engoliu a náusea com o cotovelo e foi até a cama.

O rosto de John era uma máscara de horror, a boca negra e aberta como a de um peixe, os olhos congelados de terror.

Gina desviou o olhar e procurou a pulseira de ouro em seu pulso rechonchudo.

Havia um fino medalhão retangular preso à corrente.

Ela abriu e leu o número dentro: 47689.

Repetindo o número em sua cabeça como um mantra, ela fechou o medalhão e enfiou a mão na bolsa.

Ele pegou um lenço de papel e limpou as impressões digitais do medalhão.

Ele lançou a John um último olhar desdenhoso antes de se virar e descer correndo as escadas.

Ele correu pelo corredor até chegar ao escritório de John e abrir a porta.

Ele examinou a sala até que seus olhos pousaram no que ele estava procurando.

John está seguro.

Ele se gabara do conteúdo em uma das visitas de Gina e ela exigira saber o que havia dentro.

"Lindas joias", ele disse com um sorriso arrogante.

"Vale mais do que esta casa inteira."

Então ele bateu na corrente em seu pulso e colocou o dedo nos lábios. "Sh."

Gina foi até o cofre na parede e digitou a combinação.

O cofre clicou indicando que poderia ser aberto.

Ela abriu a porta de aço e olhou para dentro.

Sobre uma pilha de envelopes marrons havia uma caixa de joias vermelha aveludada.

Gina sentiu um nó no estômago.

Ela o abriu e encontrou o colar de diamantes mais incrível que já tinha visto, com pedras lindamente trabalhadas brilhando com efeito cinematográfico.

"Vale mais do que esta casa inteira", ela sussurrou para si mesma.

O suficiente para pagar todas as suas dívidas e mais algumas.

Com o coração batendo dentro do peito, ela fechou a tampa e colocou a caixa de joias dentro da bolsa.

Depois fechou o cofre e esfregou as impressões digitais no lenço.

Ela saiu correndo do escritório e atravessou o corredor em direção à porta da frente, verificando se seus saltos não haviam deixado nenhuma marca incriminatória nas tábuas brilhantes.

Não é teu.

Ela abriu a porta da casa.

O ar suave e fresco atingiu seu rosto enquanto ela caminhava noite adentro e o peso da presença na casa instantaneamente foi tirado de seus ombros.

Finalmente livre, ela correu pela estrada de cascalho e pulou no carro, jogando a bolsa no banco do passageiro.

Ela deixou a cabeça cair para trás no volante e soltou um grito baixo e gutural.

Exausta e exausta, ela enfiou a mão na bolsa e tirou o telefone.

Ela ligou para o 911.

"Polícia, por favor, acabei de matar um homem."

RECEPÇÃO SELVAGEM

Susan estava deitada no sofá pensando em seu parceiro.

Ela o amava de todo o coração e seu sonho era que ele fizesse o que quisesse com as preliminares.

Lamba e chupe-a até que seu nível de êxtase valesse a pena morrer.

Então foda-a com sexo mais poderoso que a criação.

Foi uma noite tão chata.

Susan estava deitada no sofá de sutiã e calcinha de seda rosa assistindo a um filme.

Mas Susan estava pensando no namorado, em seu lindo corpo, olhos verdes e cabelos castanhos escuros.

A língua de Susan passou por seus lábios enquanto ela pensava nele, a luxúria enchendo sua mente e corpo.

Só então, Susan ouviu a porta se abrir, ele finalmente estava aqui.

Animada e molhada, ela deu um pulo e correu em direção à porta.

Lá estava ele, de calça jeans e camiseta branca.

Ele entrou na sala notando os lindos seios arfantes de Susan, que quase caíam do sutiã de excitação.

Agarrando sua cintura, ele puxou Susan para si e a beijou profundamente.

"Estou com tanto tesão", Susan sussurrou em sua boca quente e úmida. "Foda-me agora."

Não precisando de um segundo convite, empurrou Susan em direção à mesa da cozinha.

Ele tirou a camisa e apagou as luzes, escurecendo o quarto.

Susan estava deitada na mesa, seus mamilos agora aparecendo através do sutiã branco e uma mancha molhada se formando em sua calcinha combinando.

Ele se aproximou dela, formando uma protuberância em sua calça jeans.

Ele se inclina sobre Susan beijando suavemente sua barriga, lambendo-a toda.

Susan engasga de prazer e suas mãos agarram a cabeça dele para puxá-lo para mais perto.

Ele continuou lambendo e beijando sua barriga, ocasionalmente descendo até sua boceta, ainda coberta pela calcinha , para soprar ar quente nela.

Ele agarra a calcinha dela com os dentes, puxando-a para baixo em um movimento rápido.

Ele os joga sobre a mesa e cheira seus púbis.

Susan começa a gemer e a respirar pesadamente.

Enterrando o rosto em sua boceta molhada, ele estende a mão para tirar o sutiã.

Os seios empinados de Susan derramam-se sobre suas mãos macias.

Ela lambeu suavemente a fenda de Susan mais uma vez antes de se aproximar da geladeira.

Abrindo, ele tirou uma tigela de morangos. Ele pegou dois deles, colocando um na barriga de Susan e outro entre os seios.

Ele lambeu o morango no umbigo e comeu depois.

Ele continuou lambendo o corpo dela de baixo para cima e finalmente passou para o próximo morango.

Lambendo o decote de Susan, ele move o morango para cima e para baixo entre os seios dela.

Susan geme com a sensação incomum.

Ele continuou a mover o morango cada vez mais para baixo do corpo de Susan, até chegar à rata dela empurrando o morango com a língua.

Susan engasgou e ele pôde ver sua boceta se contraindo em torno do morango coberto de suco.

Ela empurrou o morango mais fundo em sua boceta.

Ele o cobriu com a boca, sugando delicadamente até que o morango estivesse novamente em sua boca; agora coberto com os sucos da boceta de Susan.

Sorvendo o morango, ele comeu e virou Susan de bruços.

Com a bunda para cima, ela o acariciou.

Ele gentilmente deu um tapa na bunda de Susan, antes de mergulhar em sua bunda e lambê-la, deixando chupões por toda parte.

Perto havia um pote de mel, e ele enfiou o dedo e passou-o nos lábios de Susan.

Ele então enfiou a língua profundamente dentro dela, fazendo Susan gemer.

Ele sorveu a língua profundamente em sua boceta.

Gemendo alto, Susan disse:

"Foda-me agora."

Ele tirou a calça jeans, seu pau pronto para explodir.

Agora nu, seu pau se destaca, grande e forte.

Ele agarrou Susan, passando as mãos pela parte interna das coxas, colocando seu pênis bem na entrada dela.

Ele esfregou a cabeça contra a umidade dela; Gentilmente, ela separou os lábios e deslizou suavemente a cabeça de seu pênis.

Um gemido escapou dos lábios de Susan quando ela sentiu a ponta do membro dele entrar nela.

Susan gemeu mais alto, enquanto ele deslizava o resto de seu enorme pau duro em sua boceta.

Enquanto todo ele a preenchia, ela apertou as paredes de sua boceta, então um gemido veio dele.

Ele começou a bombear a sua pila para dentro e para fora da rata de Susan, conduzindo cada vez mais longe a cada golpe.

Ele continuou batendo em sua boceta fazendo Susan gemer cada vez mais alto.

Agarrando suas coxas, ele bateu com mais força do que nunca, grunhindo enquanto invadia o corpo de Susan com seu enorme pau.

Susan gritou:

"Isso é tão bom, baby, me foda com mais força."

Ele bateu com mais força com a sua pila na rata da Susan, sentindo o esperma acumular-se na base da sua pila.

Suas bolas batendo na bunda de Susan com seu movimento.

Susan soltou um longo gemido e começou a ter um orgasmo selvagem, a rata dela apertando-lhe a pila, então ele começou a ter orgasmo também.

Porra jorrou de seu pau, o primeiro jato entrando na boceta de Susan.

Mas ele se retirou, deixando o resto borrifar seu corpo.

Assim que o orgasmo dela começou a diminuir, ele enfiou os dedos em sua boceta, bombeando-os rapidamente, enviando Susan ao orgasmo novamente.

Gemendo e se movimentando por toda a mesa, Susan puxou-o para cima dela e beijou-o profundamente.

O suor e o sêmen se misturaram nos dois corpos.

Depois que ambos relaxaram, ele disse:

"É bom ser recebido assim."

FIM